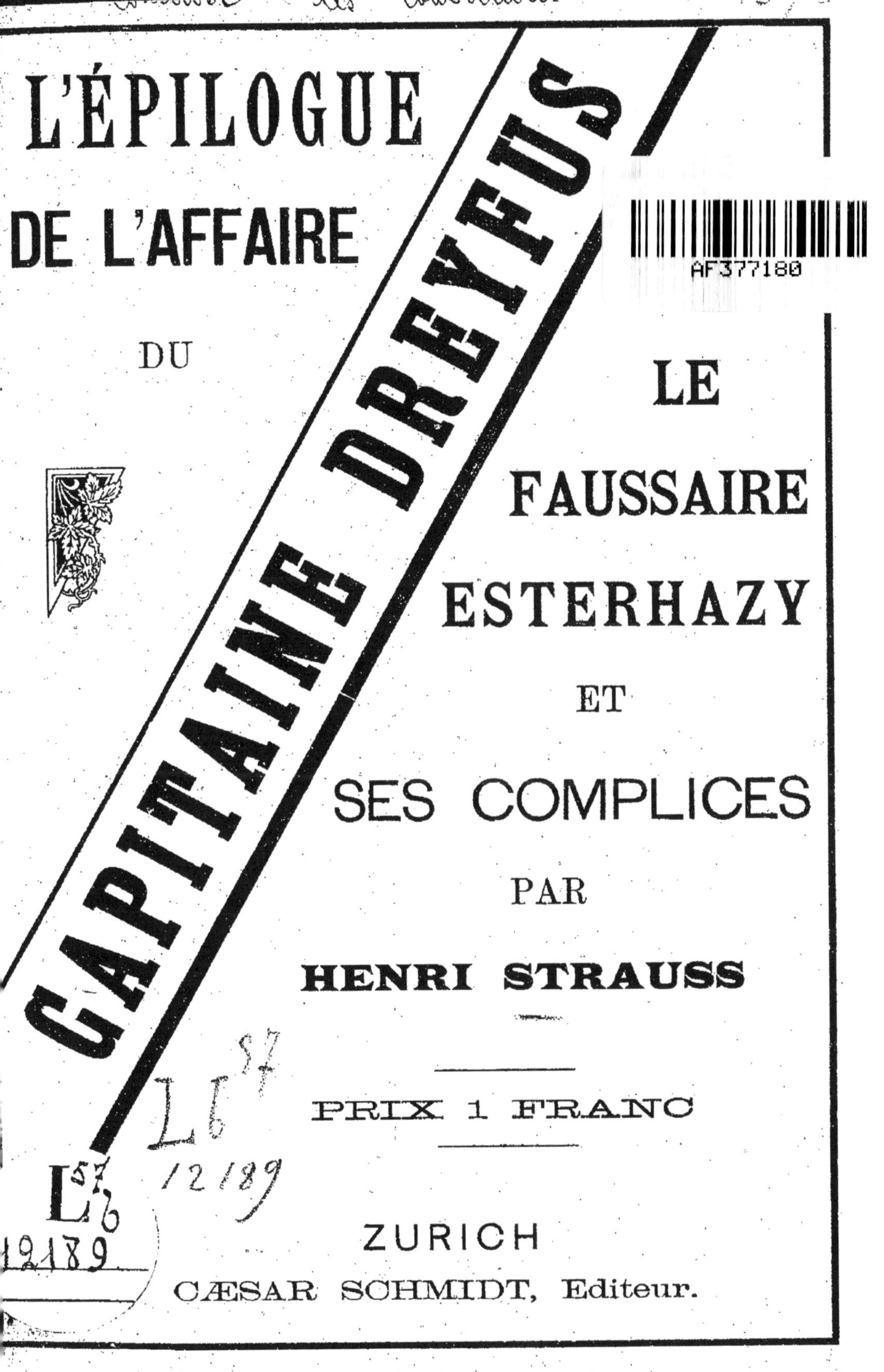

L'ÉPILOGUE DE L'AFFAIRE

DU

CAPITAINE DREYFUS

LE FAUSSAIRE ESTERHAZY ET SES COMPLICES

PAR

HENRI STRAUSS

PRIX 1 FRANC

ZURICH

CÆSAR SCHMIDT, Editeur.

L'ÉPILOGUE DE L'AFFAIRE

DU

CAPITAINE DREYFUS

LE FAUSSAIRE ESTERHAZY

ET SES COMPLICES

PAR

HENRI STRAUSS.

ZURICH,
CÆSAR SCHMIDT, Editeur.
1897.

C'est ma troisième brochure concernant cette triste affaire, mais ce que le public a pu remarquer c'est que lorsque j'ai publié *Une imfamie judiciaire* j'étais bien renseigné. Les journaux n'ont rien reproduits d'autre depuis, et la dernière brochure de *Bernard Lazare* est une copie amplifiée de la mienne. Il reconnaît enfin aussi que cette malheureuse affaire a été ourdie par la clique antisémite.

M. Bernard Lazare reproduit des lettres du malheureux capitaine, dans l'une d'elles le prisonnier dit : que son unique pensée était la *revanche* et qu'il travaillait sans relâche, afin de pouvoir contribuer largement à la reprise de l'Alsace-Lorraine, c'est identiquement ce que je dis dans *Une infamie judiciaire* lorsque je prouve que Dreyfus n'avait aucun motif pour trahir son pays.

Il n'y a pas à contester, c'est depuis l'apparition de cette brochure que les journaux français et étrangers n'ont plus cessé de s'occuper de l'affaire Dreyfus et que l'honorable vice-président du Sénat Scheurer-Kestner est intervenu officiellement, j'ai enfin réveillé le chat qui dormait.

L'affaire a fait du chemin depuis, ceux qui se moquaient de moi parce que je prenais la défense du malheureux capitaine, de celui qu'ils nommaient le traitre, ceux qui me disaient que j'avais tort de me solidariser avec cet officier, doivent être convaincus d'une chose, c'est que j'avais de nouveau raison de prendre la défense de ce martyre, cependant que tous les Français l'insultaient. Quelle différence depuis! Aujourd'hui il y a revirement complet. Une partie de la presse même prend la défense de la victime de cette infâme machination et l'opinion publique presque entière est convaincue aujourd'hui que le général Mercier lorsqu'il fut ministre de la guerre s'était laissé berner par une bande de fripons conduite par Drumont et le marquis de Morès.

Cette brochure sera très courte, je veux simplement aider le général Billot et le ministre Darlan à rendre justice et à frapper les coupables.

Page 28 „Une infamie judiciaire“ je dis : — „Il y a près de trois ans que le capitaine est condamné, jamais personne n'a été inquiété pour complicité, et pour cause, **il n'y avait pas de traître, donc il ne pouvait y avoir des complices.**“

L'on a produit deux pièces : le bordereau et la fameuse lettre, **émanant toutes deux d'un faussaire.**

Page 9 *Une infamie judiciaire* je dis : „Morès, le fameux *capitaine Fracasse*, l'ancien tripier de Chicago, celui qui prétendait qu'il fallait faire disparaître les juifs de l'armée, a profité de cette animosité contre Dreyfus ; **il a trouvé un officier assez coquin pour imiter l'écriture du malheureux capitaine afin de le perdre, et il a réussi.**“ De plus il est de notoriété publique que Morès était toujours fourré dans les bureaux du ministère de la guerre.

Ce qui prouve que j'étais bien renseigné, le faussaire en question, l'officier assez coquin est le commandant comte d'Esterhazy.

Et les présomptions sont bien plus défavorables pour cet officier qu'elles ne l'étaient pour Dreyfus et pourtant le commandant est encore en liberté.

Dreyfus est riche, sa femme est riche, Dreyfus est bon époux et bon père, Dreyfus est actif, ne sortait pas, n'avait pas de maîtresses, ne fréquentait pas de cercles parce qu'il ne jouait jamais. Dreyfus ne fréquentait pas l'ambassade d'Allemagne, donc il n'y a aucun motif pour accuser Dreyfus du crime pour lequel il a été condamné.

Esterhazy est séparé de sa femme, a des maîtresses, pas de fortune, il est joueur, joue au cercle et à la bourse; les officiers du 74me le nomment — le rastaquouère du régiment —, il était lié avec l'attaché militaire de l'Allemagne à Paris, qu'il fréquentait régulièrement. Avant de dire ce que je sais sur l'affaire *Dreyfus-Esterhazy,* je vais prouver que ce dernier, par son système de défense même devrait être depuis quinze jours à Cherche-Midi.

Voici donc un officier français qui prétend tenir entre ses mains la preuve de la culpabilité du capitaine Dreyfus, cet officier français prétend s'être rendu à Londres pour mettre cette pièce en sûreté et dit l'avoir recherché après qu'on l'avait accusé.

Cette défense n'est-elle pas absurde? Et ne prouve-t-elle pas que ce faussaire émérite venait

de fabriquer une seconde pièce fausse? Qu'avait-
il à faire à Londres? Si réellement il était pos-
sesseur d'une pièce aussi importante, il devait
la remettre au ministre de la guerre, et non pas
la promener à Londres et en parler seulement,
après que Mathieu Dreyfus l'accusait de traître
ou de faussaire!

La dame voilée? ressemble à la dame blanche
de l'Opéra-Comique de Boëldieu.

Mais ici nous avons la preuve évidente que
toute cette affaire a été montée par les antisémites
contre les officiers juifs.

Lorsque tout le monde se moquait de cette
dame voilée qui ressemblait un peu trop à une
héroïne d'un roman d'Alexandre Dumas ou de
Ponson-du-Terrail, alors, pour induire la justice
et le public en erreur, — quinze jours après la
déclaration du commandant — la Gazette de la
Croix vient à son tour déclarer : qu'*un ange, une
femme inconnue* était venue à l'officine de cet or-
gane des Jésuites pour déclarer que le syndicat
Dreyfus??? allait accuser un officier catholique
du méfait pour lequel Dreyfus avait été condamné.

Et ne riez pas, chers lecteurs, vous allez
voir, que l'on finira par trouver même dans le

monde huppé, une fanatique qui viendra déclarer que c'est elle la dame voilée.

Qu'un abbé aille trouver une de ces fanatiques, dont les quartiers riches pulullent, et lui dise que faire un faux serment, pour perdre le judaïsme, est un service immense rendu au catholicisme, et que ce faux serment au lieu d'être considéré comme un crime, enverrait celle qui le ferait, après sa mort, tout droit au paradis — pour être placée entre N. S. Jésus-Christ et la Sainte Vierge, et il trouvera des centaines de ces bégueules qui feraient une déclaration sous faux serment croyant sauver le catholicisme et aider à évincer les juifs du corps des officiers. D'ailleurs tout est louche du côté d'Esterhazy.

Madame Esterhazy, questionnée, par des reporters avait répondu que son mari était à Londres et demeurait 2 Hanway Street.

Ce qui était faux. Le commandant Esterhazy n'a pas demeuré dans Hanway Street. Le n° 2 de cette rue est occupé par une petite boutique de papeterie, estampes et photographies d'actrices, où l'officier se faisait adresser des lettres qu'il venait prendre.

Depuis qu'Esterhazy a su que l'honorable

sénateur Scheurer-Kestner avait un dossier, il ne tenait plus en place, il perdait la tête et se déplaçait continuellement, il était partout, excepté chez lui.

Si c'est Dreyfus qui a été le bouc émissaire du corps d'officiers juif, c'est uniquement parce que Drumont, Morès, qui étaient des amis d'Esterhazy ont eu l'occasion de voir l'écriture de Dreyfus, frappée de la ressemblance de l'écriture des deux officiers. Dreyfus a été choisi pour la campagne entreprise déjà un an avant contre le chef d'escadron Weill — et dont je parle dans ma première brochure.

En 1894, Esterhazy était criblé de dettes — Morès n'a pas voulu directement entamer le marché de la coquinerie avec lui, et les premières ouvertures furent faites au commandant au Divan Japonais rue des Martyrs, dont Lisbonne était directeur vers cette époque.

Les délégués de Drumont et de Morès furent: Guérin, Gaston Méry, le secrétaire du Divan Japonais et dont le nom m'échappe, et Boisandré. Lorsque l'affaire était conclue alors l'on s'adressa au petit sucrier, qui délia les cordons de sa bourse. Et je pose aujourd'hui cette question au commandant Esterhazy, je lui demande: „Quelle est la somme exacte qu'il a reçu à **Evreux** de Max Lebaudy, somme avec laquelle il a payé une partie de ses dettes de jeux et de femmes?

S'il refuse de le dire, je ferai connaître la somme exacte.

Une autre question?

Quelques jours après que les journaux publiaient que l'honorable M. Scheurer-Kestner avait un dossier prouvant l'innocence de Dreyfus et qu'il allait dénoncer le véritable coupable, Esterhazy s'est rendu à Londres en s'arrêtant à Lille, où il a rendu visite à un Alsacien nommé Mertiau de Muller, habitant maintenant Lille. Qu'allait-il faire chez ce Muller?

L'on prétend encore dans des feuilles de boue telles que l'*Intransigeant* et la *Libre Parole*, que lors de la dégradation, le malheureux capitaine aurait déclaré au capitaine Lebrun-Rénault, qu'il avait remis aux Allemands des pièces insignifiantes, espérant recevoir à la place des pièces sérieuses. Tout ceci est du roman et voici exactement ce qui s'est passé: Quand, au matin de la dégradation, le capitaine Lebrun-Rénault arriva, suivi de son escadron, à la prison du Cherche-

Midi, il fit mander le capitaine Dreyfus pour le conduire en voiture cellulaire à l'Ecole militaire, où le jugement devait être exécuté.

Il était sept heures et demie quand deux gendarmes amenèrent au greffe le prisonnier et se disposèrent à le fouiller.

Cette mesure répugna profondément le capitaine.

— Cela vous paraît nécessaire, dit-il, en s'adressant au capitaine Lebrun-Rénault.

— C'est l'ordre! répondit l'officier.

L'ordre exécuté, les deux gendarmes, sur un signe du capitaine Lebrun-Rénault, s'apprêtèrent à mettre les menottes au condamné.

Dreyfus qui jusqu'alors avait paru résigné, ne peut dissimuler un mouvement de révolte. Il jeta un regard de stupéfaction sur l'appareil et d'une voix méprisante, murmura:

— Comment! on va me mettre *ces machines!*

Ses poignets retenus par les bracelets d'acier, Dreyfus se présenta au capitaine Lebrun-Rénault.

Le condamné était retombé dans son attitude de résignation première, il paraissait même étrangement affecté.

Désignant son uniforme déjà prêt pour la parade infamante, il dit alors au capitaine Lebrun-Rénault:

— Regardez, mon capitaine, on a déjà décousu les galons, les boutons tiennent à peine, la bande du pantalon ne sera pas difficile à arracher. Puis il ajouta:

— Il serait humain de votre part de prier l'adjudant d'aller vite en besogne quand nous serons là-bas!

Le capitaine Lebrun-Rénault l'écoutait sans se départir de son silence. Le mutisme de l'officier semblait encourager Dreyfus à parler. *Si* bien, qu'avant de partir, le condamné crut devoir protester une fois de plus de son innocence.

— *Je n'ai pas peur de vous regarder en face, mon capitaine.* **Et si j'agis de la sorte, c'est que je suis innocent. Le jugement qui m'a frappé est le plus grand crime du siècle!** — J'ai une famille qui ne m'oubliera pas. Elle arrivera à faire la preuve de mon innocence. Oh! alors on regrettera beaucoup le mal qu'on me fait en ce moment. Et avec une insistance toute de douceur, il répéta à plusieurs reprises.

— **Ma condamnation est le plus grand crime**

du siècle! Pendant tout le temps qu'avait duré ce monologue de Dreyfus, monologue coupé par les exigences de la toilette du prisonnier, le capitaine Lebrun-Renault avait observé une très grande réserve.

Ce n'est que vers huit heures et demie quand il se trouva seul avec le capitaine Dreyfus, dans une salle de l'Ecole militaire, qu'il adressa au prisonnier cette question:

— Est-ce que vous n'avez pas pensé au suicide „monsieur Dreyfus"?

Ce „monsieur", froidement prononcé fit tressaillir le prisonnier. Il comprit, baissa la tête, regarda tristement son uniforme déformé et pourtant répondit:

— Oui, *mon capitaine*, une fois, le soir où j'ai été condamné. Mais ensuite j'ai songé qu'étant innocent je ne le pouvais pas; l'on verra plus tard, alors justice me sera rendue.

Le capitaine Lebrun-Renault un peu sceptique lui dit:

— Alors vous êtes innocent?

Dreyfus, usant de son dernier droit, celui de réponse, profita de ce point d'interrogation pour reprendre son monologue.

— Jugez-en, *mon capitaine;* on découvre, dans le cartonnier d'une ambassade, une feuille, une lettre annonçant l'envoi de quatre pièces. Le papier est soumis à des experts. Trois reconnaissent mon écriture, deux déclarent qu'elle n'est pas à moi. Et c'est sur ces affirmations qu'on me condamne! Entré à dix-huit ans à Polytechnique, j'avais devant moi un bel avenir, cinq cent mille francs de fortune. Je ne suis ni joueur, ni libertin. Donc, je n'ai pas besoin d'argent. Pourquoi trahir? Pour de l'argent? Non! Alors quoi?

— Mais ces pièces annoncées?

— Il y en avait trois peu importantes, mais une très confidentielle . . . .

Ceci dit, Dreyfus retomba dans sa mélancolie. Mais peu après il reprit:

— Si on m'avait jugé publiquement il y aurait eu certainement un changement d'opinion à mon égard.

Pour couper court à ces trop nombreuses explications, le capitaine Lebrun-Renault s'adressant au condamné lui dit:

— *Auriez-vous l'espoir de prendre la parole tout-à-l'heure?*

— *Oui, dit Dreyfus,* **je veux protester de mon innocence.**

Le capitaine Lebrun-Renault alla faire part au général Darras de cette décision.

Cette éventualité avait été discutée la veille. Et comme l'on s'attendait à cette résolution il avait été convenu **qu'un roulement de tambour lui couperait la parole.**

Au retour de sa communication au général Darras, le capitaine Lebrun-Renault dit à Dreyfus:

— Il faut que vous suiviez ces hommes.

Et Dreyfus répondit:

— J'obéis, mon capitaine, mais je tiens à vous dire une dernière fois, les yeux dans les yeux, je suis innocent!

On sait le reste, car les péripéties de la dégradation sont encore présentes dans toutes les mémoires. Mais ce qu'on sait moins, c'est la teneur de la phrase véritable prononcée par Dreyfus.

Tout ce que je dis ci-dessus est exact en ce qui concerne les prétendus aveux de Dreyfus au capitaine Lebrun-Renault.

C'est là une version dont le contrôle a été

fait maintes fois dans les réunions militaires, mess d'officiers, réceptions, etc., etc. Au lendemain de la dégradation deux autres versions coururent concernant les paroles du condamné.

Eh bien! la vérité, la voïci. En passant devant le groupe des officiers de réserve, Dreyfus a dit textuellement ceci:

— Je déclare devant la France entière que je suis innocent!

Des journalistes ont prétendu le soir de la parade, que Dreyfus aurait dit:

— Je suis innocent; j'ai livré des documents à l'étranger, mais c'était pour „amorcer" et en avoir de plus considérables. Dans trois ans on saura la vérité, et le ministre lui-même reprendra mon affaire.

De ces deux phrases, il n'y en a qu'une, la première, qui a été entendue par les officiers de réserve qui pourraient en témoigner. Et quant à la seconde, il est inexact qu'elle ait été dite par Dreyfus au capitaine Lebrun-Renault.

Et le capitaine Lebrun-Renault ne pourrait que confirmer exactement ce que je viens de dire.

*　*　*

Plus haut je prouve déjà que les présomptions sont en faveur de Dreyfus et tout à fait contre Esterhazy.

Dreyfus, riche, bon père, bon époux, officier distingué et d'avenir.

Esterhazy, ruiné, entouré de femmes interlopes, nullité, sans avenir, joueur effréné, position pécuniaire toujours critique.

Ajoutons que les officiers du 74me déclarent qu'il est un rastaquouère.

De plus il porte illégalement le nom de comte d'Esterhazy, et n'est même plus en communication avec les Esterhazy de Hongrie, qui déclarent franchement qu'ils ne sont pas ses parents.

Le *Fremdenblatt* de Vienne publie à ce sujet une lettre du comte Nicolas Maurice Esterhazy, chef de la branche hongroise.

Cette lettre dit: „La branche française des Esterhazy est éteinte depuis 1876, à la suite du décès de Ladislas Esterhazy, né en 1797, mort à Vienne en 1876.

„Le commandant Walsin-Esterhazy descend de la comtesse Marie-Anne Esterhazy, née en 1741, qui épousa morganatiquement un officier nommé Walsin.

„La famille Esterhazy, pas plus la branche française que la branche hongroise, n'a jamais reconnu les Walsin comme Esterhazy.

„La branche française est absolument éteinte. Cette déclaration est compréhensible après ce qui se passe.

Non seulement si l'enquête se fait loyalement — et je n'en doute pas — il sera prouvé que Esterhazy est l'homme des Drumont et des Morès, qui a reçu une forte somme de Max Lebaudy pour son infamie, mais que l'individu a directement ou indirectement exploité le gouvernement français, en profitant d'une ressemblance d'écriture avec celle d'un autre officier.

De plus l'on ne doit pas perdre de vue qu'Esterhazy a été au camp de Châlons en 1894; ceci concorde avec la pièce qu'il a écrit et qui a fait condamner le capitaine Dreyfus.

Dans sa demande au ministre de la Guerre, il dit vouloir assister aux manœuvres *à ses frais*, et sa demande a été écrite vers la même époque qu'il fabriquait le faux document.

C'est là qu'il s'est procuré des renseignements sur les freins hydrauliques et le projet de manuel de tir de l'artillerie de campagne et par

Morès il pouvait se procurer toutes les pièces au ministère de la guerre ainsi que dans les bureaux de la place.

Les manœuvres combinés d'artillerie et d'infanterie avaient lieu au camp de Châlons du 5 au 9 août 1894.

Tous les régiments reçurent l'ordre d'y envoyer un officier supérieur. Et c'est le commandant Esterhazy qui, sur sa demande et à ses frais, y est allé avec le chef de bataillon Curé pour le 74e de ligne.

De plus, l'on sait aujourd'hui que le commandant était en relations suivies non seulement avec l'attaché militaire, Schwarzkoppen, mais avec d'autres officiers et membres de l'Ambassade d'Allemagne.

Aussi lorsque le capitaine Dreyfus fut mis en arrestation le comte de Münster s'est-il rendu chez M. Casimir Perier pour déclarer qu'il était faux que le capitaine était en relation avec une personne attachée au service du grand état-major allemand. Et en même temps une note officieuse avait paru dans la *Allgemeine Deutsche Zeitung*, déclarant que le capitaine n'avait jamais été en rapport avec l'Allemagne. (Voir page 27

„Une infamie judiciaire".) Malgré tout cela le capitaine Dreyfus a été mis en arrestation sans qu'il s'y attendait et mis après cela au secret, tandis que le commandant Esterhazy reste en liberté et peut combiner sa défense, avec l'aide d'intrigants tels que Drumont, Rochefort, Vervoort, le proxénète de sa sœur — et toute la canaille cléricale du journal „La Croix" et autres organes de sacristie et de jésuitisme.

Il est pourtant temps que cela finisse et cela pour l'honneur du corps des officiers en France.

J'ai été à Luxembourg il y a 3 jours. En arrivant j'ai demandé à la vendeuse de journaux — L'Intransigeant, la Libre Parole — le Jour. — Je reçus pour réponse: Monsieur, l'on ne lit pas dans notre pays ces sortes de feuilles. — Et Rochefort ne pourra pas nier que les sympathies des Luxembourgeois sont acquises à la France.

Le lendemain, je rends visite à un confrère de la presse Luxembourgeoise, l'on parle de Rochefort, le confrère s'écire; mais laissons ce misérable, il est dégoûtant, mais ce qui nous étonne le plus ici, c'est que le gouvernement français semble le craindre et fait un peu ce que ce sacripant désire.

Chose curieuse. Parlez du vieil édenté à l'étranger, ou bien l'on hausse les épaules en le traitant de fou, ou on le traite de misérable ou de bandit:

C'est cette canaille pourtant qui le plus attaque le capitaine Dreyfus et qui a obtenu la révocation du brave commandant Forzinetti, qu'il traite de vieux débris. — Certes c'est un débris glorieux, qui a été blessé au Mexique, tandis que le lâche de l'Intransigeant, qui n'a jamais fait face à l'ennemi est un vieux débris de . . . débauche.

Ce crétin que je démasquerai un de ces jours, lorsque je démontrerai qu'il était le complice de Nobiling et de tant d'autres méfaits, a montré en 1871 de quelle lâcheté il est capable.

Après avoir provoqué la démolition de l'hôtel de M. Thiers, pour voler des bibelots de valeur qu'il revendait à des Anglais, après avoir provoqué l'incendie de la capitale, pour voler les ciboires des églises, qu'il refondait, après avoir été la cause de la fusillade de 40 000 malheureux, le lâche prit la fuite lors de l'entrée des Versaillais à Paris.

Pris, accusé de provocation à la guerre civile,

de démolition, d'incendie, de vols, il fut jeté en prison — la génération actuelle a oublié cette terrible année — et ne connaît pas le véritable Rochefort. —

Une fois en prison, ce coquin eut l'audace de s'adresser au général Trochu pour demander un témoignage d'honnêteté, d'intégrité, de désintéressement.

Je reproduis ici la réponse du général Trochu:

„1ᵉʳ septembre 1871.

„Monsieur,

„J'ai reçu à Paris la lettre que vous venez „de m'écrire. Si je suis appelé devant la justice, „soit par elle, soit par vous, j'aurai à déposer „des faits suivants, qui sont l'expression de la „vérité absolue:

„La députation qui est venue au Louvre, le „4 septembre, me voir pour me demander de „me rendre à l'Hôtel-de-Ville, me remit une „liste des membres du gouvernement où votre „nom ne figurait pas. C'est à l'Hôtel-de-Ville „que je fus informé de votre présence dans le „gouvernement où on me demandait d'entrer „comme ministre de la guerre sous la présidence „de M. Jules Favre.

„J'acceptai, sous la condition que le gouverne-
„ment admettrait certains principes que je for-
„mulai immédiatement. Après avoir reçu de lui
„la réponse la plus affirmative, je me rendis
„auprès du ministre de la guerre, général Pali-
„kao, pour l'informer de l'état des choses. A
„mon retour à l'Hôtel-de-Ville, j'exprimai l'opi-
„nion que ce qui restait de l'armée se rallierait
„autour de moi si j'étais le chef du gouverne-
„ment de la Défense, mais ne se rallierait pro-
„bablement pas autour de M. Jules Favre.

„Immédiatement et sans discussion d'aucune
„sorte, je fus nommé président du gouvernement
„de la Défense, au lieu et place de M. Jules
„Favre, devenu vice-président. Vous n'avez donc
„pas été dans le cas d'insister, comme vous le
„dites, pour ma nomination à la présidence, car
„cette nomination a été faite sous mes yeux, à l'im-
„prévu, et sur des observations relatives à l'es-
„prit de l'armée que j'avais présentées moi-même.

„Je vous ai vu ce jour-là pour la première
„fois et je vous ai vu pour la dernière la veille
„du 31 octobre.

„Dans l'intervalle, c'est-à-dire pendant le temps
„que vous avez siégé à l'Hôtel-de-Ville, je vous

„ai trouvé très activement occupé à la défense,
„sans ambition personnelle *apparente* et plus
„modéré que votre notoriété ne me l'aurait fait
„supposer.

„Plusieurs des mesures d'un caractère con-
„servateur, que je proposais, ont été appuyées
„par vous. L'un de vos actes m'avait particu-
„lièrement touché: Avec un autre membre du
„gouvernement dont je n'ai pas à rappeler le
„nom, vous avez refusé tout traitement pour
„votre participation à la direction des affaires.

„**Mais j'ai appris depuis qu'après ce refus**
„**public** — *car il avait été fait au Conseil* — **vous**
„**avez secrètement réclamé le traitement dont**
„**il s'agit; circonstance qui a gravement com-**
„**promis dans mon esprit votre caractère.**

„*Je ne me rappelle pas vous avoir vu à l'Hôtel-*
„*de-Ville, le 31 octobre,* **au milieu des périls**
„**communs.** Le lendemain vous avez donné
„votre démission.

„Mais je me refuse à admettre absolument
„qu'elle aît eu pour cause, comme vous le dites,
„la négociation d'armistice que M. Thiers pour-
„suivait en ce moment à Versailles. Vous saviez
„comme nous tous que l'idée de cet armistice

„venait du dehors, que le gouvernement, informé,
„en avait délibéré, qu'il s'était unanimement, vous
„présent, prononcé pour un ultimatum qui était
„*l'armistice avec le ravitaillement de Paris, l'élec-*
„*tion dans tous les départements et la réunion d'une*
„*assemblée nationale.*

„Ces délibérations, antérieures au mois d'oc-
„tobre, ne vous avaient pas conduit à vous re-
„tirer. Enfin, votre lettre de démission, lue au
„Conseil le 1ᵉʳ novembre, exprimait purement et
„simplement qu'en présence des évènements sur-
„venus vous ne pouviez pas suivre le gouver-
„nement dans la voie où il s'engageait. Or, cette
„voie, c'était la lutte avec la démagogie dont
„les chefs venaient d'être décrétés d'arrestation.

„Là se sont arrêtés mes rapports avec vous.

„En dernier lieu, on m'a fait lire dans les
„journaux, pendant le règne sanglant de la Com-
„mune, des articles tirés du journal le *Mot*
„*d'Ordre* qui vous appartenait. Ils étaient du
„plus abominable caractère.

„L'un d'eux provoquait la foule à la destruc-
„tion de la maison de M. Thiers. Il vous a achevé
„dans mon esprit.

GÉNÉRAL TROCHU.“

Et ce sont ces gens qui cherchent à égarer l'opinion publique dans l'affaire du capitaine Dreyfus.

Lorsque ma première brochure a paru tout le monde me jetait la pierre, pourtant il y a un revirement complet, et il n'y a plus que les feuilles qui espèrent retirer quelques billets de mille francs de ce scandale, qui cherchent encore à égarer le public.

C'est ce que fait aussi le digne émule et neveu de Rochefort, le sieur Vervoort du Jour. Ce proxénète, qui a jeté sa sœur dans les bras du vieil édenté de l'Intransigeant, afin d'obtenir la direction du „Jour" n'a pas toujours écrit contre Dreyfus. Il espérait qu'un syndicat se formerait, qu'il en ferait partie et qu'il palperait quelques billets de la Banque de France. Mais comme la famille Dreyfus n'a nulle envie de payer qui que ce soit, qu'elle ne veut qu'une seule chose: „**Justice!**" pour le malheureux innocent de l'Ile du Diable — l'ignoble rénégat Vervoort en est pour ses frais, de là colère de cet avorton et attaques ridicules et épileptiques contre la famille Dreyfus et le martyr de l'Ile du Diable. Aussi longtemps que ces gens ont espéré tirer les marrons du feu, ils défendirent le capitaine, mais voyant que cela ne rapportait rien, ils ont changés de tactique, espérant être payés par les jésuites.

Et voici encore une preuve de ce que j'avance, je reproduis ici un article paru dans *Le Jour* le 11 septembre 1896.

L'EX-CAPITAINE DREYFUS EST-IL COUPABLE?
NOTRE ENQUÊTE. — LES DOCUMENTS RÉVÉLATEURS.

„Puisque la question Dreyfus est revenue sur le tapis, et puisque cette fois les polémiques engagées à ce sujet ne peuvent se terminer que par une suite d'enquêtes, nous avons voulu, nous aussi, apporter notre quote-part dans la recherche des causes qui amenèrent l'arrestation et la condamnation du déporté de l'Ile du Diable.

„On sait que le huis clos fut prononcé lors du procès et que, pendant l'incarcération préventive du détenu, rien de ce qu'il fit ou dit ne transpira au dehors.

„De même, les motifs qui décidèrent le général Mercier à ordonner l'arrestation de Dreyfus furent peu ou pas connus. On sut seulement que l'ex-capitaine était accusé d'avoir entretenu des relations avec une puissance voisine et de lui avoir livré des documents concernant la défense nationale.

„Mais de quelle nature étaient ces documents? Aucun communiqué officieux ne nous le laissa entendre, si bien qu'à l'heure présente on semble croire un peu partout qu'il s'agit de l'horaire de la mobilisation générale.

„Or cela est faux, de même qu'il est archifaux que l'ex-capitaine ait été interrogé par le général de Boisdeffre ou le général Gonse.

„La seule personne qui jamais fut en communication avec le capitaine Dreyfus, dès son emprisonnement, et qui instruisit son procès, n'est autre que le commandant du Paty de Clam, proposé, à la suite de cette affaire, pour le grade de lieutenant-colonel.

„La pièce sur la foi de laquelle fut condamné Dreyfus est un bordereau d'envoi non signé, ne contenant d'ailleurs aucun renseignement ayant une portée confidentielle.

„De plus, sur les cinq experts préposés à l'examen de cette pièce, deux seulement, MM. Charavay et Bertillon, reconnurent l'écriture de l'ex-officier, tandis que trois autres, dont M. Gobert, expert de la Banque de France, ne voulurent pas se prononcer.

„On a dit que cette pièce avait été retrouvée chiffonnée ou déchirée dans le panier de l'attaché militaire d'une grande puissance voisine, où elle aurait été prise par un agent à notre solde; puis on a prétendu après qu'il n'en était rien. On a alors raconté que c'était au ministère de la guerre même qu'on s'était emparé du document accusateur.

„Bref, grâce à la discrétion exagérée du gouvernement, un double courant d'opinion put se créer autour du cas de Dreyfus.

„Dans une affaire aussi délicate que la sienne, alors que sa trahison réveillait toutes les passions antisémites et qu'à juste titre on pouvait se rappeler qu'un autre juif, Cornélius Herz, avait semé le déshonneur partout où il était passé, il fallait juger Dreyfus publiquement, ainsi que son défenseur le réclamait.

„Si la chose était reconnue impossible, il ne fallait du moins pas faire de cachotteries inutiles, et dire hautement tout ce qui ne compromettait pas les intérêts de la défense nationale.

„En agissant ainsi, on eût évité des polémiques

qui, endormies un moment, devaient se réveiller plus vives un jour. On eût empêché qu'aucun honnête homme ne se trouvât pour faire appel à la pitié en faveur de celui qui peut-être n'est pas coupable!

„C'est avec la plus grande impartialité que j'ai fait une enquête sur les évènements qui amenèrent l'arrestation de Dreyfus et sur ceux qui suivirent, jusqu'au moment de son embarquement pour l'Ile du Diable.

„Je ne prétends pas prouver son innocence, mon but est d'établir que sa culpabilité n'est pas démontrée. Je sais qu'il faut un certain courage pour mener jusqu'au bout une telle enquête, en présence de la presque unanimité des accusations. Cependant, n'ayant de près ou de loin, aucune affinité avec les juifs, et ne pouvant conséquemment être taxé de sémitisme, puisque, dans ces colonnes mêmes, j'écrivis un article extrêmement dur sur le compte du déporté de la Guyane, je n'ai pas hésité à le faire.

„Je tiens à ajouter, en outre, que les documents et les preuves que je pourrais produire, n'émanent d'aucun membre de la famille du condamné, ni de son entourage. C'est donc en toute conscience, et sans craindre des démentis, que je publierai les résultats de mon enquête."

Le *Jour* a depuis complètement modifié son attitude et il est même fort indigné contre ceux qui se permettent de penser aujourd'hui comme il pensait au mois de septembre 1896.

Drumont? Inutile de parler de ce crasseux, qui pourtant est le produit d'un israélite hollandais — et qui combat ses coreligionnaires, parce que cela lui rapporte de la galette.

L'Egout de Paris, qui s'intitule *l'Echo de Paris* brûlons du sucre, cela sent par trop mauvais.

Le colonel Piquard doit arriver demain à Paris — j'espère que les misérables vont enfin recevoir la punition qu'ils méritent, et que le malheureux capitaine sera bientôt en liberté, au milieu des siens et entièrement réhabilité.

Tout homme qui a du cœur doit être de mon avis et doit formuler les mêmes souhaits pour cette famille si injustement frappée.

Le 14 octobre le journal „L'Eclair" a publié l'entrefilet que voici:

„**Insultes à la France:** Le *Journal*, dans une enquête faite par un de ses collaborateurs en

Alsace, sur le sentiment public et l'affaire Dreyfus, révèle le fait suivant:

L'abbé Ferber me remet en nous quittant
une brochure en langue allemande et publiée à
Strasbourg, en faveur de Dreyfus, par M. Strauss,
directeur de l'*Alliance Nationale.*

— L'auteur de cette brochure est venu me
voir, ajouta-t-il, et m'a demandé d'en parler.
Au premier coup d'œil, j'ai constaté que, sous
couleur de défendre Dreyfus, l'auteur se répan-
dait en injures contre la France. Cela m'a suffi."

A ceci je réponds que je n'ai jamais eu
l'honneur de parler à un abbé Ferber ou autre
à Strasbourg et M. l'abbé Ferber devrait savoir
que le mensonge est un péché capital. Même
reprouvé par mes *corréligionnaires* Moïse et Jésus,
c'est-à-dire dans la Bible et l'Evangile.

En remettant ma brochure allemande à un
journaliste français M. l'abbé s'est montré un
tantinet jésuite, ma brochure ayant paru en
français et ayant été traduite en allemand.

Le Journal et l'Eclair eux-mêmes jouent dans
cette affaire le rôle de Rodin, puisque les
deux journaux ont reçu directement la brochure
française.

Je n'ai nullement insulté la France, j'ai dit quelques dures vérités, que je ne cesse de dire depuis vingt ans et plût au ciel que les Français eussent écoutés mes conseils. Ma conduite est plus noble et plus courageuse, que celle des écrivassiers qui ne cessent de flatter les administrations, afin d'émarger régulièrement à la caisse des fonds secrets, et qui par cela même contribuent à la décadence de la France.

Je n'ai pas insulté les officiers qui ont condamné Dreyfus. J'ai simplement dit qu'ils n'avaient pas été fort intelligents.

Il n'y a que Sandherr et du Paty que j'ai traité selon leurs mérites et plus tard tout le monde me donnera raison. D'ailleurs l'enquêteur du journal doit savoir ce que l'on pense de Sandherr en Alsace.

Aujourd'hui je n'attaque même plus l'intelligence des officiers du Conseil de guerre, car la bêtise criminelle émane du cabinet du ministre de la guerre. C'est le général Mercier qui s'est laissé mener par des coquins et qui seul reste responsable pour l'horrible gaffe commise.

Ici encore je dois la vérité aux Français. De tous temps malheureusement, il y a des rastaquouères en fracs et en robes qui exploitent le ministère de la guerre.

Combien de fois le public n'a-t-il été ému en apprenant des choses vraiment inouïes qui se passaient rue St-Dominique?

Une des affaires les plus curieuses est celle du général Cissey et la baronne Kaulla.

Cette baronne Kaulla, une aventurière de premier ordre, fut expulsée de Russie, pour espionnage et était venue en France.

Intrigante sans pareille, elle trouva moyen de se faire aimer par le colonel Yung, un des officiers les plus distingués de l'armée, qui l'épousa.

Cette gueuse devint la maîtresse du général de Cissey, alors ministre de la guerre, et fouilla tous les tiroirs au ministère pour se procurer des papiers qu'elle revendit aux puissances étrangères.

Le colonel Yung, à la suite d'un article paru dans le Gaulois, poursuivit ce journal où le voile qui recouvrait les amours du ministre de la guerre et de la Kaulla fut complètement déchiré.

De même Mercier dans l'affaire Dreyfus a été joué par la fine fleur de la coquinerie de l'anti-sémitisme.

Non seulement les Drumont et autres Morès firent faire des démarches par Boisandré, Gaston Méry, le secrétaire du divan Japonais auprès du commandant Esterhazy et par Saint Cère du *Figaro* et Judet du *Petit Journal* auprès de Max Lebaudy, afin de faire d'un officier supérieur un faussaire, mais je crains fortement qu'en dehors les fortes sommes qu'Esterhazy a reçu à Paris et puis à Evreux du petit sucrier, il a dû recevoir soit directement soit indirectement par un complice, une somme encore plus forte, du Ministère de la guerre, pour fourniture de faux documents que l'on a attribué comme émanant de ce malheureux capitaine Dreyfus et pour lesquels il a été condamné et souffre le matyre depuis trois ans.

Je me demande parfois de quelle manière l'on pourrait maintenant récompenser ce malheureux auquel on a enlevé tout: honneur, famille, avenir et santé.

Et lorsqu'il sera prouvé par a plus b que cet officier d'élite a souffert pendant trois ans innocemment, il y aura encore des fripouilles qui continueront à le harceler lui, et sa famille d'injures. N'importe! le général Billot fera son devoir de soldat honnête et intègre, il ne se laissera pas mener par la bande de coquins, et lorsqu'il sera convaincu de l'innocence du capitaine Dreyfus, je ne doute nullement que la parade pour la réhabilitation sera encore plus imposante que celle de la dégradation, et qu'à ce moment lorsque tous les bras se tendront vers lui — le malheureux pourra oublier un peu ce qu'il a souffert.

Et j'espère que ce temps est proche — il est impossible, sachant maintenant qu'il est innocent, qu'on le laisse encore plus longtemps à l'Ile du Diable.

*   *   *

L'honorable vice-président du Sénat, M. Scheurer-Kestner, est en butte des menaces de la bande Drumont et consorts — il paraît que la police est obligée de surveiller sa maison.

Je suis persuadé qu'il ne se laissera pas intimider.

Après la condamnation d'Emile Henry, comme avant, je n'épargnais pas les anarchistes, l'on me menaçait aussi alors de faire mon affaire, si je sortais le soir —, personne n'a osé me toucher.

Le propriétaire de l'immeuble que j'habitais boulevard Barbès, recevait des lettres, le menaçant que l'on ferait sauter sa maison si je continuais à l'habiter, les locataires, pris de peur, donnèrent en masse leur congé au propriétaire, la police dut également surveiller pendant trois semaines, nuit et jour, la maison que j'habitais. Je le répète, M. Scheurer-Kestner n'a qu'à hausser les épaules à chaque menace qu'il recevra de ces lâches.

L'avorton Vervoort, du *Jour*, a dit au faussaire Esterhazy, que s'il assassinait M. Mathieu Dreyfus, le jury rapporterait un verdict d'acquittement.

Le pourceau Vervoort se trompe, ordinairement le jury est composé d'honnêtes gens — certes si l'on écrasait sous les talons les têtes des vipères: Drumont, Rochefort, Vervoort, il serait possible que les membres du jury dans la salle des délibérations diraient „Bon débarras" et renverrait indemne celui qui aurait débarrassé la France de cette vermine.

Des gens de cœur comme les Mathieu Dreyfus sont protégés par le jury, tandis que ces juges appartenant à la bourgeoisie et non enjuponnés, ont le plus profond mépris pour le trio susmentionné. Dans une lettre du malheureux capitaine, publiée par Bernard Lazare, le prisonnier de l'Ile du Diable dit que le seul forfait dont il est coupable dans cette affaire est d'être né juif.

Le capitaine se trompe, le seul malheur pour lui, c'est que son écriture ressemble à celle du faussaire Esterhazy.

Et s'il a été choisi par la bande antisémite, c'est uniquement pour cela; si non la victime aurait été un Bloch, un Lévy, un Israël ou un Kahn quelconque, peut être même un de ces imbéciles de Dreyfus qui ont trouvé très spirituel et patriotique de changer leur nom après la condamnation du capitaine, et qui peut-être sont moins bons patriotes que lui, la stupidité qu'ils ont commis était simplement esbrouffe, pour la galerie. Je me demande même si ces grotesques personnages, après la révision du procès, ne vont pas demander au ministre de la justice, de les autoriser à reprendre leur ancien nom. — Si j'étais ministre, je le leur refuserais comme indignes de porter le nom de *Dreyfus,* ce serait la meilleure punition qu'on pourrait leur infliger.

*   *
*

L'*Echo de Paris*, qui devrait prendre le titre d'*Egout de Paris*, continue à persécuter lâchement le capitaine Dreyfus et sa famille.

Rien d'étonnant à cela, les jésuites mènent cette affaire, et la caisse des jésuites paie les insanités de cette feuille.

Je craindrais énormément non seulement pour le pauvre prisonnier, mais aussi pour M. Mathieu Dreyfus, son frère, qui s'est montré si courageux dans cette affaire, mais ce qui me donne quelqu'espoir c'est que le général Saussier, homme intègre, juste, loyal soldat est chargé de l'affaire.

La meilleure preuve que le général Saussier est un des officiers les plus honorables de l'armée, c'est qu'il est en butte aux attaques continuelles du cuistre Rochefort.

Je viens de rentrer à Strasbourg, j'étais à Luxembourg, lorsque l'on m'a prié de me rendre à Longwy pour recevoir des communications intéressantes, que je communiquerais au public, si l'on persiste à perpétuer le crime monstrueux commis envers le capitaine Dreyfus.

Ce que je puis dire dès aujourd'hui et qui prouve que j'ai eu raison de déclarer que l'on commettait une imprudence de laisser le faussaire d'Esterhazy intriguer en liberté, c'est ce fait que personne ne pourra démentir :

Mercredi dernier, Esterhazy sortait avec son conseil, lorsqu'il s'aperçut qu'il était suivi par des agents de la sûreté, il prit une voiture pour dépister les mouchards, ceux-ci prirent également un fiacre et continuèrent à filer le commandant-faussaire.

Esterhazy se fit alors conduire au commissariat de police pour protester contre cette surveillance, mais le commissaire répondit que l'ordre venant de haut lieu, il n'avait donc pas à intervenir.

Esterhazy remonta en voiture, et fouette cocher ! Les agents dont la voiture était partie, perdirent les traces du faussaire qui, deux heures après, était en tête-à-tête avec le bourreau du Paty de Clam.

Tout ce qui se passe dans cette horrible affaire rappelle le moyen âge et l'époque de l'inquisition.

J'ai déjà dit dans mes autres brochures que Dreyfus a eu au début de sa détention trois gardiens. Ce nombre a été porté de trois à six, puis neuf, et l'on vient de le porter à onze.

Les jésuites, pour sauver Esterhazy, font tout

leur possible pour perdre le lieutenant-colonel Piquard.

Les feuilles antisémites ont commencé par déclarer que cet officier supérieur est juif, il est prouvé qu'il est catholique, mais si l'on protège Esterhazy au détriment de Piquard, c'est que le premier fait partie de l'ordre des jésuites, et le plus grand malheur pour la France d'aujourd'hui c'est que l'armée est profondément cléricale; et je prie le lecteur de faire une notable différence entre catholique et clérical.

Ce sont les feuilles des jésuites: *La Croix*, la *Libre Parole* etc. qui attaquent le plus le capitaine Dreyfus; d'autres, telles: L'Egout de Paris, le Petit Journal etc. etc. qui sont payés par les jésuites pour mener la campagne, et enfin le clown de l'Intransigeant, ce fou, qui ne sait même pas ce qu'il dit ou écrit.

Beaucoup d'Alsaciens m'ont demandé à maintes reprises si Dreyfus recevait des nouvelles de sa famille, aujourd'hui ce que j'ai toujours répondu — renseignements que je tenais des quelques amis des ministères de l'Intérieur et de la Guerre — se confirme:

Le malheureux capitaine est muré vivant

dans la case nouvelle qui a été édifiée à grands frais (60.000 francs) sur le plateau de l'Ile du Diable, les bruits du dehors, si perçants qu'ils soient, ne peuvent en aucune manière parvenir jusqu'à lui. Contrairement à ce qu'ont affirmés quelques journaux français, Dreyfus ne reçoit, ne lit aucun journal. Toute lettre qui lui serait adressée, contenant même une allusion aux évènements actuels, ou simplement aux faits qui ont entraîné sa condamnation, ne lui serait pas remise.

C'est le silence absolu, inexorable, que rien ne vient troubler, laissant le déporté en proie à ses seules pensées.

Quiconque essayerait, non de tenter une évasion, mais seulement de s'approcher clandestinement de l'Ile du Diable, aurait à affronter les projectiles des canons-revolvers du système Hotchkiss, braqués par surcroit de précautions, sur les points culminants de l'îlot, commandant le large.

Je répète, et je l'ai dit dans mes autres brochures, jamais traître n'a été surveillé et traité comme Dreyfus, et si l'on s'obstine à vouloir en faire un martyr, la preuve de ce que j'ai déjà dit, sera évidente : **Dreyfus n'est pas à l'Ile du Diable pour trahison, mais parce qu'il est honnête, qu'il en sait trop long et qu'on le craint.**

Mais je suis persuadé que ce drame touche à sa fin, que nous allons obtenir la révision et des débats publics, car j'ai confiance en la loyauté du général Saussier — et je crois qu'il ne se laissera pas berner par la clique anti-sémitique, comme un vulgaire Mercier.

Mais si justice n'est pas rendue, si l'on persiste à vouloir commettre ce crime jusqu'au bout, je préviens le gouvernement français que je l'empêcherais.

Ce que je demande pour le malheureux, c'est **justice, la revision, des nouveaux débats pu-blics,** qui prouveront que Dreyfus est innocent.

Si on refuse cette supplique si correcte, je fais le serment que Dreyfus ne sera plus mar-tyrisé, et même gardé par un corps d'armée, j'irais moi-même le délivrer — et que l'on ne suppose pas que c'est une bravade de ma part, ceux qui me connaissent, mes anciens collabo-rateurs, qui m'ont vu à l'œuvre, qui connaissent mon énergie indomptable, savent bien que si je me mets en tête de délivrer le martyr de l'Ile du Diable, que je le ferai.

Et si l'on s'étonne que j'en préviens le gouvernement, l'on a encore tort, j'ai toujours travaillé le visage découvert, jamais je n'ai mis un masque pour combattre mes ennemis.

*　*　*

Le syndicat de l'ordre des jésuites ne cesse sa campagne odieuse contre le capitaine Dreyfus et la presse soudoyée par ces disciples de Loyola défend l'ignoble commandant Esterhazy pour abîmer le prisonnier de l'Ile du Diable et sa famille.

Quelle différence pourtant entre le commandant Walsin dit : Esterhazy et le pauvre capitaine Dreyfus.

Ce dernier a toujours mené une vie irréprochable, fut un digne officier et dans ses lettres qu'il adresse à sa femme, protesta de son innocence en disant: que son idée fixe était de contribuer à reprendre l'Alsace et la Lorraine aux Allemands.

Esterhazy, lui, qui a tous les vices possibles, écrit à sa maîtresse des lettres dans lesquelles l'on trouve ces phrases:

„Les Allemands mettront tous ces gens à leur
„vraie place avant qu'il soit longtemps.

„Voilà la belle armée de France! C'est
„honteux!

„Nos grands chefs, poltrons et ignorants, iront
„une fois de plus peupler les prisons allemandes.

„Je suis absolument convaincu que ce peuple
„ne vaut pas la cartouche pour le tuer, et toutes
„ces petites lâchetés de femmes soûles aux-
„quelles se livrent les hommes me confirment
„à fond dans mon opinion.

„Comme tout cela ferait triste figure dans
„un rouge soleil de bataille; dans Paris pris
„d'assaut et livré au pillage de cent mille sol-
„dats ivres.

„Voilà une fête que je rêve. Ainsi soit-il."

Et cet homme est encore en liberté! Clémen-
ceau s'en étonne aussi dans le journal *L'Aurore*
et il demande pourquoi le gouvernement craint
tant Esterhazy, qu'il n'ose pas le mettre en
arrestation.

Le crasseux Drumont lui déclare que l'on
devrait poursuivre ceux qui ont vendus et ceux
qui ont achetés les lettres!

Drumont se juge donc lui-même. Après la

coquinerie de la fripouille David Winter, mon secrétaire et deux de nos employés volèrent dans mon cabinet de rédaction. des lettres que j'avais reçu de M. Loubet, ministre de l'Intérieur, présentement président du Sénat, ainsi que des lettres du rabbin Aron de Lunéville, ils vendirent ces lettres au receleur Drumont qui les publia dans son torchon intitulé „La Libre Parole".

Ces lettres n'attaquaient ni les institutions, ni l'armée française, au contraire, pourtant les voleurs : Belz de Villas, Raymond Maugers, Léon Marx et le receleur Drumont ne furent pas poursuivis.

Voici maintenant ce que cet ignoble personnage publie dans sa feuille de boue à la date du 28 novembre et reproduit par *l'Egout de Paris :*

Le château de M. Mathieu Dreyfus.

Nous avons dit, il y a quelques jours, que M. Mathieu Dreyfus avait fait construire un château à Belfort, dominant le *fort Bellevue.* La *Libre Parole* ajoute de nouveaux renseignements sur ce château :

Le château en question est situé et bâti sur

une propriété qui enclave le fort de Bellevue. Le mur du fort est mitoyen avec la propriété de Mathieu Dreyfus.

L'autorisation de bâtir a été accordée, un an après la condamnation du traître, à Mathieu Dreyfus qui trouva le moyen d'être dans le fort comme chez lui.

En effet, Mathieu Dreyfus, au pied de son château, fit construire une vaste citerne. *De cette citerne, une galerie souterraine pénètre dans le fort.* Et cette galerie a été creusée dans le but, dit M. Mathieu Dreyfus, de permettre aux soldats d'y venir puiser de l'eau.

En temps de guerre, cette communication ne peut-elle être de quelque danger?

C'est déjà singulier, mais ce n'est pas tout. Citons notre confrère:

„Une des ailes du château est flanquée d'une tour, un véritable observatoire couronné d'une plate-forme. De ce poste, non seulement on voit parfaitement ce qui se passe dans le fort de Bellevue, *mais on distingue nettement la première gare allemande, gare pourvue d'un quai de débarquement.*

„Ce serait un poste merveilleux pour correspondre avec les Allemands par la télégraphie optique.

„Or *Mathieu Dreyfus a, dans son château, des appareils mécaniques de télégraphie optique :* un ouvrier, qui a été occupé dans le château à des réparations, a vu ces appareils, et, sur questions de ceux qui ont dirigé les travaux, dont le patriotisme avait été mis en éveil, lui en a fait une description qui ne laisse pas de doute.

„Détail à noter : *cette tour a été surélevée de*puis la construction du château.

„Et maintenant, voulez-vous savoir à qui est confiée la garde de cet étrange observatoire? *A un concierge allemand!...*"

Ceci prouve de nouveau que la campagne contre la famille Dreyfus émane d'un syndicat de jésuites sous la direction du crasseux Drumont.

Après cela l'on peut tirer l'échelle.

FIN